I0682699

Ie

22192

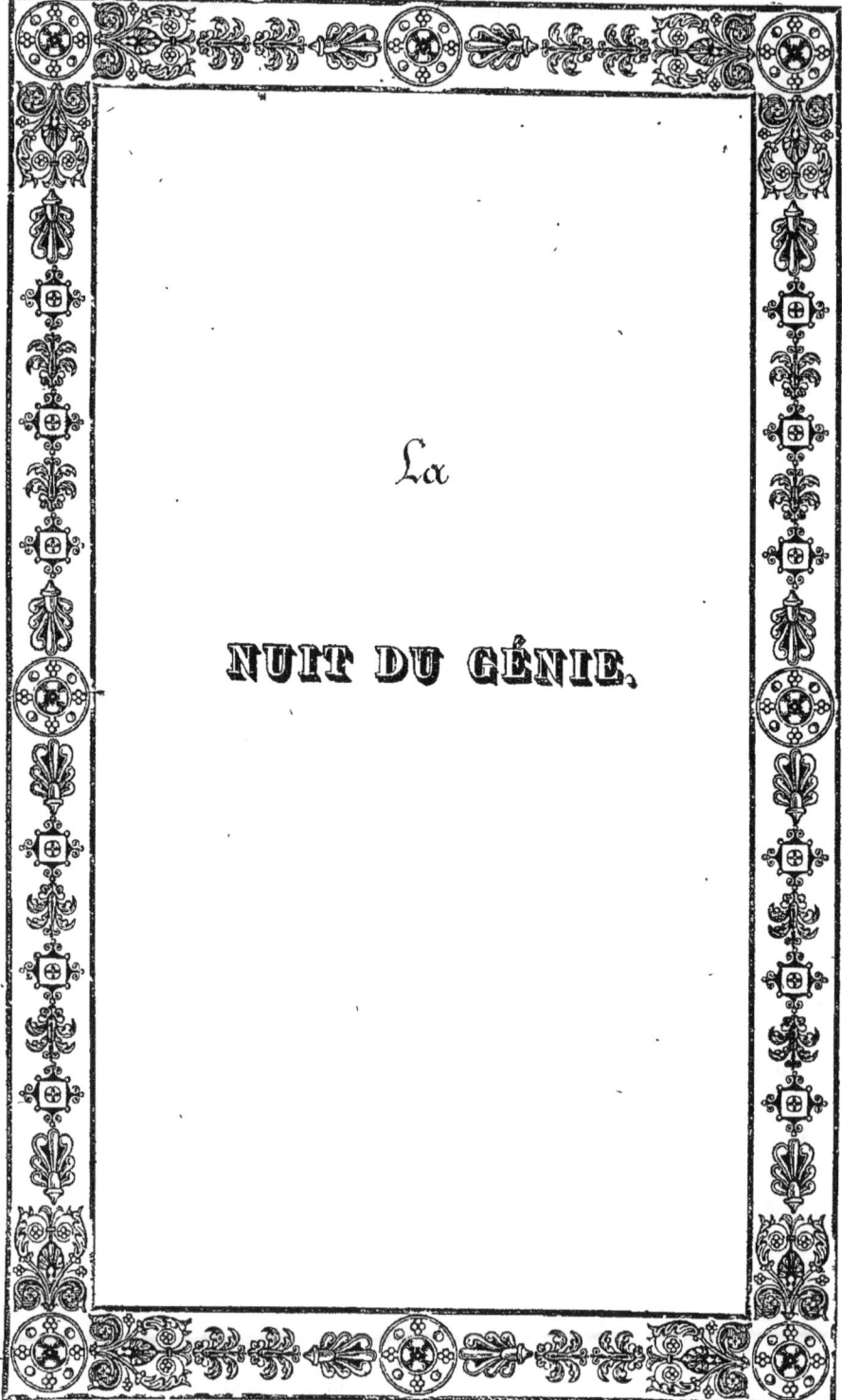

La

NUIT DU GÉNIE.

LA NUIT

Du Génie,

POÈME

PAR

FRANÇOIS FERTIAULT,

...La gloire, c'est le rêve du génie.
(Plato.)

A CHALON-S.-S., CHEZ V. FOUQUE,
Libraire, rue du Port.

1833

PRESCRIPT.

La publicité, qui éveille la critique, fait naître aussi les conseils de l'amitié, et c'est uniquement pour en demander que je publie cet opuscule. Que les personnes qui ont été assez généreuses pour s'intéresser à moi jusqu'à présent, veuillent bien encore me témoigner leur bienveillance en accueillant ce faible essai que je leur dédie. Il est moins odieux de trouver des vers sans beauté que des cœurs sans reconnaissance; et si ces quelques lignes ont pu leur exprimer la mienne, je n'ai plus qu'à me féliciter de la pièce qui m'a fourni l'occasion de les écrire.

F. F.

LA NUIT

GÉNIE.

Il est, dans les instans que Dieu lui fit, un âge
Où l'homme de génie au cœur sent un orage.
C'est l'âge où règne en lui ce tumulte confus
D'inutiles efforts et de vœux superflus;
Où de vagues soucis son ame est agitée;
Où des rêves sans fin tourmentent sa pensée;

Où de son œil ardent, sans pouvoir le saisir,

Il sonde et sonde encor le douteux avenir.

Cet âge où bout la sève; où, plein d'un feu qui couve,

Comme un être sans but, il cherche sans qu'il trouve;

Cet âge où rien, enfin, n'est encor de ses mains

Sorti, pour attester sa puissance aux humains.

Il brûle. Il sent en lui qu'il a son œuvre à faire....

Et rien ne vient du Ciel pour l'aider sur la terre!

Il a beau l'implorer; sourd, sourd à ses accens:

Ses jours vont s'écouler vides et languissans.

Lui! fort et généreux! lui! dont l'ame affamée

Ne veut, pour se nourrir, que gloire et renommée!

Lui qui verrait son sang couler sans l'arrêter

Si son œuvre, à ce prix, se pouvait acheter!

Mourir serait si beau s'il mourait plein de gloire.

Mais ignoré! sans nom!... son ame ne peut croire

A ce destin cruel. Si Dieu lui fit des jours,

Il faut bien les remplir; il espère toujours.

Et comme au cœur blessé le baume est l'espérance,

Il arrive parfois à calmer sa souffrance.

Son ame est plus tranquille ; il a foi dans le Ciel ;

Sur ses lèvres descend une goutte de miel ;

Sa voix n'est plus ce cri qui s'élance en furie :

C'est un accent pieux qui s'élève et qui prie

Et son front, plus serein, est prêt à recevoir

La bénédiction qui des Cieux va pleuvoir.

Elle lui vient enfin. Alors il est une heure

Où le grand homme est ivre en son humble demeure ;

Car, à son noble esprit pour se mieux révéler,

Il est une heure sainte où Dieu vient lui parler.

Et soit pendant un jour vierge de tous nuages ;

Soit au sein d'une nuit, quand grondent les orages ;

Soit dans un réduit noir, ou sous l'ombre d'un bois,

A toute heure, en tous lieux, Dieu fait ouïr sa voix.

Que lui font lieux, instans ? Aux lèvres d'Isaïe

Quand un tison ardent apporta le génie,

Le prophète, pieds nus, au milieu des cailloux,

Sur la terre endurcie était à deux genoux.

Quand Dieu dit à Giotto : vas embellir tes toiles,

Il errait, presque nu, sous le feu des étoiles,

Gardien encore enfant de quelques vils troupeaux.

Et ce chef d'Israël, aux magiques travaux ?

C'est après de longs jours, passés sans nourriture,

Que Dieu toucha son front et changea sa nature.

A d'autres il parla dans d'infectes prisons ;

A d'autres quand le feu dévorait leurs maisons ;

Ou lorsque, plus à plaindre, au sein de l'esclavage

Ils traînaient ce désir, soutien de leur courage.

Il leur parla partout, et toujours au moment

Où ces hommes en eux sentaient quelque tourment.

Je le sais. Oui, mon Dieu, souvent l'épreuve est rude ;

Mais qu'importe ? elle clôt la longue inquiétude

Qui dévorait le cœur ; l'homme ne souffre plus....

Quand il conçoit son œuvre, il est de tes élus.

Et moi, j'ai de ce genre une scène à vous dire.
Puisse m'aider le Ciel à bien vous la décrire !

Jule atteint l'âge fort ; notre dernier printemps
Sur ses ailes de fleurs emporte ses vingt ans.
En naissant affligé, jamais à son oreille
L'air d'une voix, d'un son, n'a porté la merveille,
Ni jamais son, non plus, de son gosier sorti,
Ne vint nous exprimer ce qu'il avait senti.
Et cependant sa vie est à peine privée.
Par les charmes d'un art son ame est captivée ;
Il poursuit nuit et jour des travaux assidus
Et ses pinceaux déjà sur la toile ont courus.
Il va. Mais c'est, dit-il, l'enfant qui, faible encore,
Pose un pied incertain sur un sol qu'il ignore.

Il ne se berce pas de ses premiers essais :

Son ame , dans un rêve, a vu d'autres succès.

Vingt fois , sur le papier , j'ai vu sa main rapide

Jeter , dans un instant , sans modèle et sans guide ,

Des traits , dont les Tony pourraient être jaloux

Et vingt fois les froisser et les déchirer tous ,

Aigri , frappant son front et réclamant cette heure

Où son œuvre immortelle ornera sa demeure...

Oh! c'est terrible , allez , que de souffrir ainsi !

Et souvent dans son cœur roulait pareil souci.

Un jour , après avoir suspendu sa journée

Et regardé long-temps sa tâche abandonnée ,

Maudissant ses pinceaux , pour attendre le soir

Il s'en fut , au foyer , seul et triste , s'asseoir.

La braise seulement , naguères animée ,

Reposait sur la cendre , à demi consumée :

Et son rougeâtre éclat , en cercle étroit porté ,

Laissait dans tout ce lieu régner l'obscurité...

Là , pensif , dans ses mains Jule incline sa tête ,

Porte fixe aux tisons son regard qui s'arrête

Et médite, pendant que ce feu sans vertu

Éclaire faiblement son visage abattu.

« Quoi! faut-il, ô mon Dieu! disait-il en lui-même,

(Si sa bouche est sans voix, son cœur n'est pas de même).

« Faut-il qu'en ce repos tu me laisses languir!

« Oh! fais donc, si jamais ta main doit m'en sortir,

« Fais que ce soit bientôt; je souffre trop dans l'ame.

« Ote-lui ses liens, donne jour à sa flamme

« Ou bien fais-la mourir : je ne peux plus en moi

« Concentrer ces élans qui me viennent de toi.

« Ou, si j'exige trop, modère au moins ma peine.

« Fais briller à mes yeux une palme lointaine ;

« Dis-moi qu'après vingt ans ma main la saisira

« Et mon ame joyeuse alors se calmera.

« Oh! sur mon front, brûlé de ton front qui rayonne,

« Si tu faisais passer l'ombre d'une couronne !

« Si j'entendais bruire, en mon sein agité,

« Ces promesses de gloire et d'immortalité !....

« Tiens, tu m'as fait des jours à passer sur la terre;

« Tu m'as donné de l'or, abri de la misère :

« Eh bien! dis-moi, cet or et ces jours, les veux-tu

« Pour que mon cœur, jadis sous tes pieds abattu,

« Se ranime, s'envole, effleure ta pensée

« Et redescende à moi, mon œuvre commencée?

« Veux-tu? que me feraient la froidure et la faim?

« En moi je trouverais des brasiers et du pain.

« Mais tu ne réponds pas. Tu veux qu'après ma vie,

« Au lieu de me bénir, le vulgaire m'oublie....

« Oublié!... Dieu jaloux! tu souffrirais donc bien

« Si parmi tant de noms j'allais graver le mien?

« Si tu voyais, toi grand, pleurer de joie un père

« Devant l'œuvre d'un fils qu'applaudirait la terre?...

« Allons; j'ai là ma couche où je m'endormirai :

« Dans mes songes, la nuit, au moins je la verrai. »

De son siége, à ces mots, lentement il se lève.

Il semble enveloppé des prestiges d'un rêve,

Aux tisons presque éteints allume son flambeau

Et va chercher l'asile où tout semble si beau.

Va rêver, pauvre .enfant; les rêves, c'est la gloire.

Ils savent la donner à l'ame qui sait croire,

Et sans lui coûter rien : elle est douce à ce prix.

Ah! si d'une autre, au moins, tu n'étais pas épris!

Mais la gloire à vingt ans c'est au grand jour qu'on l'aime.

Hélas! je le sais trop; je la poursuis moi-même;

Pour elle je consacre et mes nuits et mes jours,

Et, sans me regarder, l'ingrate fuit toujours.

Oh! qui que vous soyez, vous que son charme attire,

Jeunes gens, qu'à son nom je vois déjà sourire,

De grâce, arrêtez-vous; demeurez, n'allez pas

Comme des insensés courir après ses pas :

Quand vous l'auriez long-temps, sans l'atteindre, suivie,

Le dégoût, à l'œil mat, ternirait votre vie;

Votre cœur tomberait, brisé dans son essor

Et vous auriez en vous comme un désir de mort.

N'allez pas demander que les Cieux vous entendent;

Dieu ne la donne plus à ceux qui la demandent.

L'homme a ri du trésor où son cœur a puisé :

Gloire et Génie, adieu! tout nous est refusé!

Mais toi jeune homme ardent, plein d'ame et de courage,

Jule, rêveur aussi d'un immortel ouvrage,

Qu'auras-tu donc du Ciel s'il ne t'inspire pas?...

Mais tu montes; j'accours et te suis où tu vas.

Voyez le lieu modeste où l'artiste repose :

Ce sybarite-là ne dort pas sur la rose.

Il a des voluptés, mais c'est quand ses sueurs

Du sein de ses travaux ont tiré quelques fleurs.

Alors, le cœur rempli d'une céleste joie,

Il marche seul et grand dans sa sublime voie

Et, possesseur heureux du dieu de ses désirs,

Savoure, avec transport, d'ineffables plaisirs.

Mais pour arriver là, que d'horribles souffrances!

Qu'il lui faut voir souvent tomber ses espérances!

Sans vous entretenir de ses brûlantes nuits,

De ses travaux perdus, de ses veilles sans fruits;

Des pleurs qu'il a versés, qu'il doit verser encore

Sur ces millions d'essais que sa main élabore,

Chagrins, soucis cuisans, à son cœur survenus

Loin de tous vos plaisirs qu'il n'a jamais connus ;

Dites, doit-il souffrir quand le dédain le tue ?

Répondez, souffre-t-il quand, passant dans la rue,

« Le voilà ! » dites-vous et, le montrant du doigt :

« Il n'a rien fait encor de tout ce qu'il nous doit ! »

Car vous n'attendez pas. Vous notez d'impuissance

Toute main qui languit et tout cerveau qui pense,

Comme si, dans ce monde où tout doit nous coûter,

L'homme pouvait produire avant de méditer !

Que prompt autour de vous votre regard se jette.

Voyez-vous ces tableaux sur lesquels il s'arrête ?

C'est toi qui les fis naître, ô jeune amant des arts !....

Mais, que vois-je? couleurs, toiles, pinceaux épars ?

D'un désordre récent tout retrace l'image.

Tristes instans, que ceux où tombe le courage !

Il vient de les sentir ; et ses pensers aigris

Laissent ses pieds fouler ces pénibles débris.

D'innombrables dessins la muraille est tendue.

Sur aucun des objets il ne porte sa vue.

Ses pas sont lents ; son front, sombre et préoccupé,

Nous dit tous les chagrins dont son cœur est frappé.

Il avance et, debout vers sa couche, s'arrête.

Il y pose une main tandis que, sur sa tête,

L'autre, rapidement, passe et retombe, hélas !

Toute chaude d'un mal qu'elle n'enlève pas.

Ces maux, qu'il souffre en lui, qui saurait les traduire ?

Dieu seul, qui les lui fait, Dieu seul pourrait les dire.

Mais bientôt sa lumière importune ses yeux

Et, comme si dans l'ombre il devait être mieux,

Il la chasse et déjà son humble couverture

Renferme avec son corps les peines qu'il endure.

Mais du repos des nuits cette longue douleur

Dès long-temps de sa couche a banni la douceur

Et le sommeil est loin d'habiter sa paupière.

Son cœur bat ; son front brûle et son ame en prière

Attend, semblable au lit d'un fleuve desséché,

Qu'une source nouvelle en elle ait épanché

Le trésor bienfaisant de ses limpides ondes

Qui rend puissans ses vœux et ses vertus fécondes.

Long-temps il souffre encor. Mais à la fin ses yeux

Reçoivent doucement l'influence des Cieux ;

Sa paupière se ferme et son ame épuisée

Va sentir sa souffrance un instant apaisée ;

Il repose.

Venez, songes légers, venez ;

En cercles radieux sur lui tourbillonnez ;

Etendez sur son front la fraîcheur de vos ailes ;

Répandez sur son sein des roses éternelles ;

Jetez sur son chemin votre plus belle fleur :

Qu'il croie à la jeunesse, à la gloire, au bonheur.

Donnez-lui des pinceaux que votre main conduise ;

Faites-lui son chef-d'œuvre et que, du moins, il dise

Pendant l'heureux instant où vous le fascinez,

Qu'enfin ses plus beaux jours par Dieu lui sont donnés.

Entourez son chevet de sublimes visages

Tels qu'en ont, de tout temps, canonisés les âges ;

Envoyez Raphaël, Véronèze, Poussin,

Et le Guide, et l'Albane, et l'immortel essaim

Des hommes qu'aujourd'hui notre riche patrie

Appelle avec orgueil ses hommes de génie.

Qu'il aborde ces dieux que nous adorons tous,

L'œil brillant, le front haut, le maint en noble et doux

Et qu'eux, jusqu'au moment où poindra la journée,

Le laissent, énivré, la tête couronnée.

Ouvrez vos ailes d'or, songes légers, venez;

En cercles radieux sur lui tourbillonnez.

Mais? le Ciel aurait-il, sensible à sa prière,

Dans son cœur ténébreux jeté quelque lumière?

Au milieu de ses maux lui tendrait-il la main?

Viendrait-il lui montrer le glorieux chemin?

De sa couche, à demi, le voilà qui se lève.

On dirait qu'en lui-même une épreuve s'achève.

Ses traits sont en repos; ce n'est plus le sommeil;

Ses yeux sont entr'ouverts; ce n'est pas le réveil;

C'est un calme agité que sans peine il endure,

Voile mystèrieux jeté sur sa figure ,

Comme sur des traits d'ange un doux ravissement

Où l'on trouve à la fois repos et mouvement.

C'est l'eau qui coule en paix , ridée à sa surface

Par un zéphir léger qui l'effleure et qui passe ;

C'est l'arbre que le vent fait murmurer tout bas,

Qui bruit sans effort et ne s'incline pas.

La lune avait percé la brumeuse atmosphère

Et sur sa couche alors projetait sa lumière.

C'était une bien faible et bien triste clarté.

Il la voit et vers elle on le dirait porté.

Peut-être sa pâleur et sa teinte rêveuse

Appelaient les regards d'une ame malheureuse ;

Mais il applique au sol ses pieds nus ; doucement

Éloigne, de ses mains, le moindre vêtement,

Pour un élu du ciel objet trop périssable

Et, simplement couvert du lin indispensable,

Athlète du génie , envieux des combats ,

Vers l'astre aux feux ternis il dirige ses pas.

Son ame ressent moins le chagrin qui la ronge ;

Il marche, encor porté sur les ailes d'un songe.

Il ouvre sa fenêtre et laisse errer ses yeux

Dans cette immensité qu'on appelle les Cieux.

Qui le mène et comment? Pourquoi? Que va-t-il faire?

Taisons-nous; sa démarche est encor un mystère;

Mais je vois dans son cœur l'étincelle qui luit

Et si c'est lui qui va, c'est Dieu qui le conduit.

Eternel aliment des nobles rêveries,

O Nuit, mère sans fin des visions chéries,

C'est pourtant sous l'abri de ton vêtement noir

Que se font les plus beaux de nos rêves d'espoir,

Et quand Dieu veut répondre à la voix qui l'implore

C'est ton vaste silence, ô Nuit, qu'il cherche encore.

Dis-moi, lorsqu'en ton ombre il noyait ses regards,

Dis-moi ce qu'éprouva ce jeune amant des arts

Si plein de feux au sein et de corps si tranquille?

Regardez-le plutôt nu, debout, immobile,

Au milieu des débris que ses pieds ont foulés,

Devant les flots brumeux à sa vitre assemblés.

Sa longue chevelure au gré du vent s'incline ;

Le frais aigu du soir frappe sur sa poitrine ;

Ses traits de la froidure ont déjà la rougeur

Et ses membres bientôt vont rester sans vigueur.

Mais le vent glacial qui du Nord nous arrive

Épuiserait sur lui son haleine incisive,

Il ne bougerait pas. Tels ces marbres savans

Qu'à Rome ou dans la Grèce a conservés le temps.

Ce n'est plus, à le voir, qu'une blanche statue ;

Mais son regard sublime a dépassé la nue ;

Il voit... Muse, silence ! il ne m'est pas donné

De mesurer l'abîme où sa vue a plané ;

Je suis trop faible encor. Qu'irais-je vous apprendre ?

Je vous dirais des mots, hélas ! sans les comprendre.

Un jour viendra peut-être où je les entendrai;...

Je saisirai ma lyre et je vous les dirai.

Les heures se pressaient dans leur marche rapide ;

La brume imprégnait tout de son haleine humide

Et l'aube allait bientôt joindre un jour à nos jours

Que Jule, heureux, rêvait et méditait toujours.

Il n'avait pas bougé, tant la voix du génie

Peut verser de chaleur dans une ame ravie !

Mais, tout-à-coup, il sent le souffle du matin

Qui reposait, glacé, sur le nu de son sein,

Il soupire ; et déjà, de sa main qu'il soulève,

Semblant s'interroger lui-même sur ce rêve

Et jetant des regards étonnés en tous lieux,

Il parcourt et son sein, et son front, et ses yeux ;

Ses yeux... où sont des pleurs, sainte et douce rosée

Qui vient nous rafraîchir quand l'ame est apaisée.

Cette main les rencontre ; il sent qu'il a pleuré

Et de son froid sommeil alors il est tiré.

Il ne se passa rien qui puisse vous surprendre.

Sa couche l'attendait ; vous l'eussiez vu s'y rendre,

Pour mieux se réchauffer, s'y tout ensevelir

Et, comme un autre jour, s'étendre et s'endormir.

Mais qu'il est calme et beau, l'artiste qui sommeille
Quand une voix céleste a frappé son oreille !
Que ses traits sont empreints d'une noble fierté !
Quel éclat on lui trouve et quelle majesté !
Julè est beau comme un ange : un songe le domine,
Ses larmes ont coulé... mais de source divine ;
Ce qu'ils n'avaient pas fait, ses pinceaux le feront :
Dieu vient de lui poser son auréole au front.

Heureux, heureux jeune homme! oh! les voilà finies
Ces heures par la peine et le dégoût ternies!
Voilà des jours brillans qui se lèvent pour toi :
Ton œuvre !!... en l'avenir tu peux mettre ta foi.
L'image, sous ta main, n'est pas encor tracée ;
Mais elle vit déjà dans ta forte pensée.

Jeune homme, allons, courage! aujourd'hui le sommeil;

Dors, dors et montre-nous, demain à ton réveil,

Que des rayons divins ton ame est éclairée...

· Oh! quand viendra pour moi cette nuit désirée?...

Je n'ai donc pas encor d'assez pénibles jours?

J'ai pourtant bien souffert! souffrons, souffrons toujours.

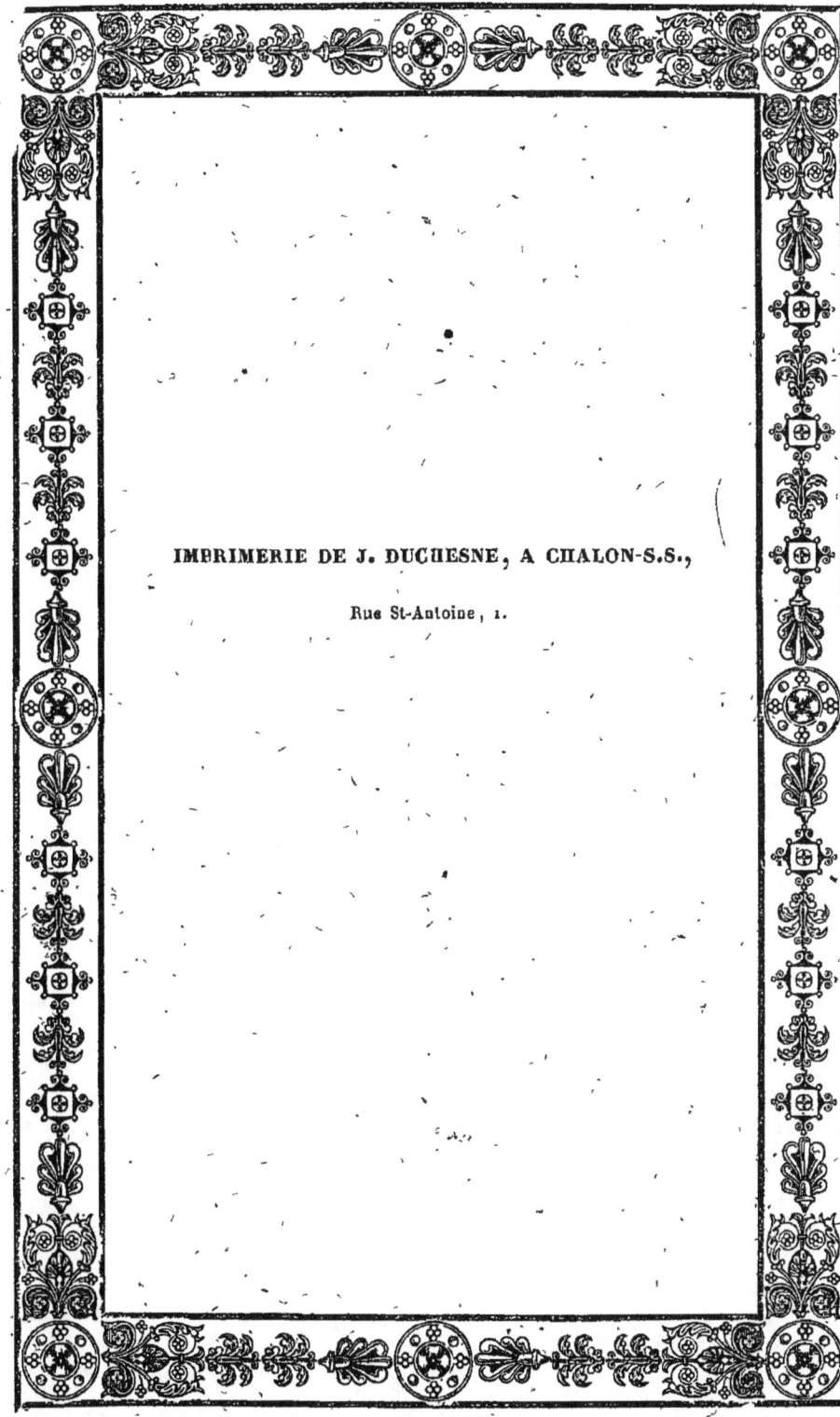

IMPRIMERIE DE J. DUCHESNE, A CHALON-S.-S.,

Rue St-Antoine, 1.